KB132341

아빠가 시인인 건 아는데 시가 뭐야?
정재학 시집

문학동네시인선 174 정재학
아빠가 시인인 건 아는데 시가 뭐야?

시인의 말

이번 生의 역할놀이를 나름 계속 해나가고 있다.
네번째 시집이다.

게으른 것은 알고 있다.
무슨 상관이람.
어차피 평생 써야 하는데.

다행히 아직 지겹지는 않다.
시 쓰는 법을 매번 까먹기 때문이다.

2022년 이른 여름
정재학

차례

3부 떨리는 것들은 악기가 될 수 있다

4부 주춤주춤 춤춤

5부 시 몇 편을 쓰고자 저는 아버지를 선택했고요

6부 어떤 시간은 나에게 공간입니다

1부

아빠, 돼지곱창 음악이 왜 이렇게 아름다워?

나비차원

나비가 꽃대를 기어올라
말랑말랑한 허공을 걸어간다

날개를 움직이지도 않고
빈 곳이 아니라는 듯
편안하게

점점 날개가 커지는데
마음껏 걷고 있다

저 아래 땅바닥이 보이지만
그 아래 또하나의 땅바닥도 보인다

가볍게 겹쳐지는
나비차원

글자의 생

아빠, 숨쉬는 글자를 알려줘! 이제 막 한글에 흥미가 생긴 아들이 묻는다. 모든 글자는 숨을 쉬고 있단다. ㄱㄴㄷ ㄹ도 ㅏㅑㅓㅕ도 다른 글자들을 만나기 위해 항상 숨을 쉬고 모든 글자들은 절대 죽지 않아. *영원히?* 글자의 힘에 의지하는 것들만 그 글자 속에 숨어서 영원히 살 수 있어. 글자는 말이 되기도 하고 숨이 되기도 하고 말은 글자가 되기도 하고 노래가 되기도 한단다. 심장박동을 크게 만드는 멋진 말들은 시가 되지! *아빠가 시인인 건 아는데 시가 뭐야?* 시는 우리를 꿈꾸게 하는 글자들이야. 시 속의 글자들은 우리를 새로운 곳으로 글자 수보다 훨씬 긴 여행을 하게 해주지. 많은 사람들 많은 사물들을 만날 수 있고 많은 놀이를 할 수 있단다. 엄청 멋진 거지! 달팽이 속에도 글자가 숨어 있고 매미 날개에도 글자가 숨어 있고 기차 소리에도 글자가 숨어 있고 미끄럼틀 속에도 글자가 숨어 있단다. 시인은 그걸 찾아내는 거야. *그걸 어떻게 알고 찾아?* 그것들을 좋아하고 마음으로 상상하면 진짜로 들린단다. 만화의 주인공은 누구나 하나만 떠올리지만 시는 읽는 사람마다 다른 모습을 떠올리지. 그리고 그 모습이 꿈틀꿈틀 움직이지. 글자들이 숨을 쉬기 때문이야. *진짜야?* 글자들은 정말 멋진 뱀과 지렁이들이구나!

달팽이 잠자리 물고기

유치원에서 분양받은 백와달팽이. 처음에는 흙에 파묻혀 보이지도 않아 밖으로 나갔나? 죽었나? 싶었던 작은 애기가 내 손바닥 절반만큼 컸다. 달팽이의 이름은 아들이 잠자리라고 지었다. 다섯 살 아이와 매일매일 잠자리가 얼마나 컸는지 관찰한다. 아이가 달팽이는 더듬이에 눈이 있다고 말을 해준다. "많이 컸으니 라면에 넣어서 먹을까?" 했더니 아이가 눈을 못 뜰 정도로 울었다. 가끔은 취해서 늦게 들어온 밤에 잠자리에게 한참 말을 걸기도 한다. 잠자리야, 내 시는 불가능한 꿈만 꾸고 있는지도 모르겠구나. 네 집처럼 나도 쉴 곳이 필요했을 뿐인데. 등껍질이 아름답다고 자주 칭찬도 해준다. 내일은 달걀껍질을 먹여줘야지. 달팽이에 대한 시를 쓰고 있다고 하니 옆에서 아들이 "달팽이 사랑해요"도 쓰란다. 얼마 전 이름도 물고기로 바꿨다고 한다.

여름 글자 필요 없어

아들이 나를 닮아 수박을 좋아한다. 수박 때문에 여름을 좋아한다. 여름 글자를 써달라고 한다. '여름'이라고 써주자 그림책을 가져와 무성한 푸른 잎을 거느린 나무 그림을 보여주며 여름 글자 필요 없어. 이게 여름이니까. 여름 생각하면 수박, 여름 생각하면 자두, 여름 생각하면 포도, 여름 생각하면 매미. 아빠, 매미 말고 여름에 태어나는 게 또 뭐가 있어? 모기. 모기? 모기는 물기나 하고 너무 시시해. 아이가 시시해하는 모기 때문에 여름마다 얼마나 고생을 했던가. 모기약이 아이한테 해로울까봐 새벽에 잠 설치며 한 마리 한 마리 직접 잡았으니…… 그 시시한 모기 소리가 얼마나 선명하게 들리던지. 모기야, 아기 피 말고 내 피를 빨아먹으렴. 아기가 모기 많이 물리면 속상해하시는 장모님 얼굴이 생각나 두려웠던 여름날들. 그림책보다 더 여름 같은 나무를 볼 날이 달려오고 있다.

그 공룡에게 산타의 선물을!

여섯 살 아이의 관심은 빠르게 옮아 자란다. 매미에서 팽이로, 장미에서 공룡으로. 공룡에서 용으로. 아빠, 산타 클로스 할아버지에게 선물받을 수 있는 공룡이 있어? 글쎄… 그렇게 착한 공룡이 있나? 있어! 에프테세프테리스. 걔는 다른 공룡 안 잡아먹고, 남의 먹을 것 뺏지도 않아. 진짜야? 그럼 뭘 먹어? 애벌레를 먹어. 에프테세프테리스는 아빠보다도 작아. 아무리 검색을 해도 그 공룡이 나오지 않았다. 아이가 봤다는 다큐멘터리를 보니 에피덱시프테릭스(Epidexipteryx)라는 쥐라기 후기의 공룡이었다. 일억 오천사백만 년 전에 살았단다. 화석 발견 당시 공룡인지 새인지 논란이 있었다는 그 뼈의 주인은 이십오 센티미터, 백육십 그램의 역사상 가장 작은 공룡. 자신의 몸길이만한, 아마도 조금은 멋졌을 네 개의 긴 꼬리깃털을 달고 있었고 손가락 하나가 매우 길었다고 한다. 긴 손가락이 나무 구멍 속의 애벌레들에겐 무척 무서웠으리라. 나도 자주 남의 살점을 뜯어먹고 산다. 소, 돼지, 오리, 닭들에게 나는 더 잔인한 육식 공룡. 얼마나 침을 삼키고 입맛을 다시며 고기를 먹었던가. 애벌레들의 반대에도 에피덱시프테릭스는 산타의 선물을 받을 수 있을 것인가.

캔버스

아빠, 내 생일 선물로 그림 그리는 거 사줄 수 있어? '캔'자로 시작되는 거. 켄? 켄트지? 응. 그건가봐. 화가들이 쓰는 건데 네모나게 구멍 뚫린 것. 켄트지는 구멍 안 났는데… 아! 캔버스! 맞아. 그거! 동네에서 구할 수 없어서 인터넷으로 주문하고 며칠을 기다려 작은 캔버스 1호 다섯 개가 도착하고. 일곱 살 아이는 화가 모자까지 쓰고 물감을 풀어 열심히 그린다. 순식간에 캔버스 세 개를 마친다. 캔버스에는 중요한 것만 그리는 건데 종이에 더 연습하고 그리지? *이미 많이 그렸어.* 아이는 너덜너덜한 스케치북을 보여준다. 중요한 그림은 따로 없었다. 순간 아이가 켜지고 아이의 그림이 밝게 켜진다. 땅속에 묻어놓은 태양의 그림까지.

놀이터에 간 아빠

"어떤 놈이야?" 마흔여섯 살 아빠가 일곱 살 아들을 위해 아홉 살 형을 찾았다. 입술 주변에 버짐이 피어 있는 아이였다. "네가 애 가슴을 발로 차고 벽돌을 들어 겁을 줬냐?" 물으니 순한 큰 눈을 껌벅이며 "그냥 장난이었어요" 한다. "두 살 어린 애한테는 장난도 무서운 거야. 네가 때려서 애가 밤에 가슴이 아팠어. 때리지 말고 동생과 잘 놀아주렴. 알겠지?" 살짝 착한 눈으로 끄덕끄덕한다. "아저씨 말 잘 들어주었으니 부모님과 학교 선생님께는 말씀 안 드릴게." 대단한 자비처럼 얘기했다. 마흔여섯 살 아저씨가 아홉 살 꼬마에게.

바이올린 사줘

아빠, 입 벌려봐. 일곱 살 아들이 내 입에 대고 소리친다. *바이올린 사줘!* '바이올린'이라는 글자가 입속에 들어간다. 바.이.올.린.을 삼킨다. 뱃속에서 바‥이‥올‥린‥이 녹는다. 내 입에 대고 다시 소리친다. *바이올린 사줘!* '사줘'는 빼고 '바이올린'만 입속에 들어간다. 뱃속에서 바, 이, 올, 린 글자들이 꿈틀거린다. 바이올린 연주가 시작된다. 배고픈 동굴 속에서 들리는 〈G선상의 아리아〉. 아빠 뱃속에서 바이올린 소리 나오고 있는데 들려? *응! 들려!* 바이올린이 왜 좋아? *바이올린은 턱에 대고 연주하는 게 멋있잖아. 소리도 멋있고. 자동차 변신 로봇보다 바이올린이 더 좋아. 캔버스보다도 좋고.* 내년 크리스마스 때 사줄게. 그땐 손가락도 더 길어질 테니. *일곱 살이 아니라 여덟 살 크리스마스?*

지 맘대로 생각하긴

저 꽃들 좀 봐! 했더니 벚꽃길을 함께 걷던 여덟 살 아들
이 꽃들은 나무들이 힘들게 응가를 한 거라고 우긴다. 개
나리를 보더니 금똥! 벚꽃은 공주님똥! 멀리 있는 저 나무
는 설사했네! 라며 눈을 못 뜰 정도로 자지러지게 웃는다.
응가 하는 것보다는 나무가 훨씬 힘들었을 것 같은데……
라고 얘기를 해주다가 어쩌면 나무는 응가 하는 것보다 쉽
게 꽃을 피울지도 모른다는 생각. 나무 자신은 그저 겨울
잠을 자다 깬 것처럼 정신을 좀 차리고 기지개하듯 꽃을
피우는지도 모를 일. 아니면 아이 말대로 힘든 응가처럼
꽃을 피우는지도. 나무야! 뭐가 맞니? 꽃을 피우는 일과
열매를 맺는 일 중에는 뭐가 더 힘드니? 아니면 둘 다 안
힘드니? 너에 대해 아는 게 없는데. 나무의 응가는 봄마
다 사람들을 행복하게 하는데. 똥이라는 말도 아들과 나
를 행복하게 하는데.

내 손바닥보다 큰 달팽이

달팽이가 위를 향해 쭈욱 기지개를 켜듯 일어나 내가 뿌려주는 비를 맞는다. 아들이 "달팽이가 오—예! 하는 것 같다"며 좋아한다. 똥도 항상 치워주고 물도 뿌려주고 해서 내가 키운 거나 다름없다고 했더니, 아내가 매일 먹을 것을 준 건 자기라고 우기니, 거의 아무것도 하지 않은 아들이 공평하게 우리 셋이 키웠다고 한다. "아빠 손바닥보다 더 컸는데 구워먹을까?" 했더니 "지금 달팽이 기분이 좋은데 구워먹자고?" 아! 그렇구나! 그건 좀 잔인하네. "그럼 내일 구워먹을까?" 했더니 "왠지 슬퍼" 그런다. "알았어, 안 먹을게. 좋지?" 그래도 아들 덕분에 살았다. 달팽아, 이만큼 클 줄은 몰랐다. 애 다섯 살 때 유치원에서 준 새끼손톱보다 작던 백와달팽이. 수명이 이 년 정도라는데 삼 년 동안 촉촉한 가족이 되어주었다. 잠 안 오던 밤에 내 이야기도 가끔 들어주었다.

종이접기 시대

종이야, 놀자!
너도나도 종이 접는 한때

아빠, 왜 난 종이접기를 못해?

다른 사람들은 미리 많이 연습한 거야
아빠 여덟 살 때보다는 훨씬 잘하고 있어

나도 연습하면 그렇게 할 수 있어?

그럼 누구나 연습하면 잘할 수 있어

그럼 나 종이접기 선생님 될래

그래그래

놀이터에서 동생들이 때려도
참을 줄 아는 너는
이미 동네 아우들의 선생님

넌 주먹이 너무 세서 때리면
그애들 얼굴이 종이처럼 접힐지도 몰라
잘 참았어

돼지곱창 미스터리

스티비 레이 본의 〈Chitlins Con Carne〉를 듣는데 "아빠, 이 곡 제목이 뭐야?" 열 살 아이가 묻는다. "응, 돼지곱창." 마침 떡볶이와 함께 사온 순대를 먹고 있었는데 뭐 비슷하네. 융의 동시성인가? 치틀린스 콘 카르네는 돼지곱창에 고기를 조금 곁들인 요리. '싸구려 곱창'이라는 의미도 있다는데 소곱창이 아니라 그런가? 돼지곱창은 고기보다 싼 세계적인 서민 음식. "아빠, 돼지곱창 음악이 왜 이렇게 아름다워? 돼지곱창 미스터리다. 혹시 고기도 같이 먹은 거 아니야?" "오! 그걸 어떻게 알았어? 원래 제목이 그거야. 고기가 들어간 돼지곱창." 이것도 동시성인가? 케니 버렐의 원곡도 좋지만 내 취향은 스티비 레이 본. 자꾸 듣다보니 연주하고 싶다. 기타를 꺼내 〈Chitlins Con Carne〉를 연주해본다. 직접 쳐보니 알겠다. 이 곡은 돼지곱창에 술을 한잔 음미할 때의 그 쫄깃쫄깃한 행복감이란 걸! 소주를 사와야겠다.

반시(反詩)

"난 시를 어떻게 쓰는지 모르고 시를 써왔나봐." 아내한
테 푸념하니 옆에서 여덟 살 아들이 "아빠가 시인인데 그
건 말도 안 돼!" 웃으며 "시는 진실해야지. 거짓이어도 되
지만" 제법 아는 척한다. 나름 열세 살 때부터 시를 썼고
등단한 지 햇수로 이십오 년이 되었는데도 시를 쓰려고 할
때마다 늘, 시를 어떻게 쓰는 거지? 설거지 끝난 스펀지
처럼 먹먹한 느낌. 분풀이로 쓰던 시절도 있었고 쓸쓸해
서 쓰기도 했지만 결국 유희였다는 생각. 어둠과 유희가
앞서거니 뒤서거니 나를 위한 경주를 했다는 생각. 심장
근처의 분노 창고가 터지고 다시 분노가 쌓이다가 이제는
비에 씻기고 흘러가고 증발하고. 떠오르는 것들이 생각인
지 감정인지 모르겠지만 건망증처럼 편하다. 이제 스펀지
를 꽉 짜내어볼까? 아내가 한마디 거든다. "전에 당신이
시는 다시 읽고 싶어져야 시라고 했었는데… 또 뭐라고
그랬던 것 같은데……" "내가 그렇게 멋없게 얘기했어?"

2부
오랫동안 고통을 받은 사람들은 눈두덩만 보인다

택배로 온 아리랑

1
아리랑을 주문한다.
늦어도 모레 아침에는 도착할 것이다.
사실 무엇이 올지 모른다.
사진도 제조사도 없었던 아리랑.
그저 글자만 있었던 아리랑.
나는 어쩌자고 아리랑을 주문한 것일까.
아리랑은 말랑말랑할 것 같다.
먹을 수 있는 것인지는 모르겠지만
딱딱할 리가 없다.
아리랑은 곡선일 것이다.
타원 모양일지도 모른다.
어쩌면 구슬 속의 오색 띠에 가까울 수도 있겠지만
아리랑은 직선일 리 없다.

2
택배가 도착했다.
바스락거리는 포장지를 비집고
아리랑이 흘러나왔다.

얼굴은 보여주지 않는다.
아리랑은 뒷모습으로 다가온다.

아리랑을 뒤에서 안으려 하자
거인처럼 부풀어올라 안을 수 없었다.

소리를 듣는 것만 허락되었는데
빠르게 부르면 흥이 되고
느리게 부르면 한이 되고
아리랑의 마음을 알 수가 없다.

나를 버리고 가시는 님은
십 리도 못 가서 발병 난다.
이 노래를 부르며 울기만 했을 것 같지는 않다.
깔깔대지는 않았더라도
약간의 코웃음이 섞여 있다.
코웃음과 한숨의 경계에 한 방울의 눈물이 떨어진다.

3
아리랑은 오늘 아침에 팡팡 팝콘이었다가
점심에는 시큼한 김치였다가
저녁에는 고요한 수박의 검은 줄이 되었다.
밤에는 서걱거리는 사막이 될 것이다.
오늘밤 당신은 그 사막을 건너는 낙타가 된다.
낙타는 아리랑을 닮은 언덕을 달고 있다.

—

—

내일 아침에 아리랑은 달팽이가 될지도 모른다.

—

집시

내 이름은 가르시아. 열다섯 살이야. 관광객들의 지갑을 훔치다 흠씬 두들겨 맞기도 하고 손가락질을 받기도 하지만 난 당당한 집시야. 교회나 묘지 같은 곳에서는 도둑질 안 해. 먹고살기 위해 다른 데서 훔치는 건 괜찮아. 취업도 안 되는걸. 집시들 간의 약속은 어긴 적 없고 우린 노인과 자식을 절대 버리지 않아. 키우는 강아지와 고양이도 버리지 않고. 매춘부인 어머니도 나와 내 누이동생을 버리지 않았지. 누워 있지만 잠들지 못하는 초승달 아래에서 난 오늘도 플라멩코를 연주하네. 기타 소리와 누이의 노래가 쉼표처럼 앉아 있는 어머니의 눈동자를 먹구름처럼 얼룩지게 하지. 어제처럼. 내일처럼. 누이의 울대와 내 썩은 나무토막에서 울리는 음파가 적막을 태우며 사방으로 흩어지네.

블루스, 악마와 함께
—로버트 존슨

기차 소리가 들리면 떠나야 하네. 어디로 가든 상관없지. 관객들이 늘 기다리고 있으니까. 새벽 네시까지 공연하고 지금은 새벽 여섯시 반. 함께 여행을 하는 동료가 떠나자고 잠을 깨우네. 이때의 몽롱함이 좋아. 옷을 챙겨 입자고. 어느 도시에서 내리든 상관없다네. 지금까지와는 달라. 내일은 텍사스에서 녹음을 할 거야.* 예전에 미시시피 델타에서 썬 하우스가 잘나가던 시절, 그가 잠시 쉴 때에나 무대에 올랐다가 야유를 받고 쫓겨나곤 했지. 어떤 날은 형편없다며 취한 놈한테 맞기도 했어. 마지막 야유를 받은 날, 나는 61번과 49번 고속도로가 만나는 교차로에서 서성였지. 그를 만나기 위해. 우리 흑인의 삶이 바로 블루스. 음악으로 성공하지 못하면 목화밭으로 돌아가야 한다네. 기타를 잘 칠 수만 있다면 악마한테 영혼도 팔 수 있다네. 자정이 되자 큰 그림자가 뒤에서 나를 덮쳤네. 그의 손이 얼마나 컸던지 한 손으로도 내 목을 졸라 죽일 수 있을 것 같았지. 내 기타를 달라고 하더니 조율을 하고 블루스 몇 곡을 연주하더군. 처음 듣는 스타일이었어. 내 구닥다리 기타가 그렇게 완벽한 기타인 줄 몰랐어. 그는 내 기타를 최고의 악기로 만들어주고 아름다운 목소리를 주는 대신 자신을 만난 것은 비밀로 해야 하며 약속을 지키지 않으면 내 영혼을 언제라도 마음대로 가져가기로 했지. 시간이 흐르고 난 그 계약을 자주 잊었다네. 내 묘지가 몇 개라도 상관없다네. 61번과 49번 고속도로가 만나는 교차

로에서 악마와 거래했지. 그렇다고 해두자고. 나는 새로
운 시작이 될 거야. 내 시체를 어디에 묻든 상관없다네.

* 1937년 6월 마지막 녹음을 함. 27세에 사망.

물고기 은행을 조심해라

은행 직원에게 그동안 정성스레 키운 물고기들을 주었다.
은행 직원은 언제 알을 깔지 알 수 없으나 예정대로라면
십 년 뒤에 다시 나에게 돌아올 것이라 했다. 은행 직원 바
로 뒤에는 파돗소리가 들리는 파란 우체통이 있었고 내 물
고기들을 한 마리씩 넣었다. 잡초들은 흙이 조금만 있어도
자라나듯 바다가 마르지 않을 테니 물고기는 무사히 돌아
올 것이라고 했다. 얼마 후 곳곳에서 바다가 오염되어 물
고기들이 집단 폐사했다는 뉴스가 나왔다. 나는 은행 직원
에게 내 물고기들을 달라고 했으나 이미 영해를 떠났고 배
타적경제수역마저 벗어났다고 했다. 날이 갈수록 바다의
폐경기(閉經期)가 짙어졌다. 나는 물고기들에게 편지를
써서 은행 직원에게 주었으나 "이 편지는 전달되지 않을
테지만 시도는 해볼게요"라며 물이 넘치는 우체통에 편지
를 넣어주었다. 편지는 바로 찢어질 만큼 젖었다. 바닥에
는 물이 흥건했지만 아무도 치우지 않았다. "고객님의 물
고기들은 분명 안전할 겁니다." 다시 한번 강조했다. 며칠
후 은행은 커피전문점으로 바뀌어 있었다.

화이트 크리스마스

장갑 한 켤레
서로의 생사를 확인하며
눈 오는 거리에 누워 있다
둘의 거리는 한 뼘

둘은 겹쳐지지 못한 채
검지가 서로를 가리키며
마주보다가
신발들에 밟혀 나뒹굴고

무표정하게
딱딱하게
보도블록처럼 아프게
폭설 속으로 파고들고

얼어붙은 손가락들은
납작해졌다가 꿈틀했다
불면증 속으로 들어가
폭설을 떠받치고
눈부신 빛을 움켜잡는다

별들은 없었지만
눈과 얼음이 반짝이는 새벽이었다

전화벨이 확대되는 방

사방의 벽과 천장, 문에 수백 개의 전화기들이 걸려 있었다. 지난 십 년간 받지 않았던 전화벨이 한꺼번에 울리고 있었다. 내 몸은 며칠째 알코올로 반 이상 차 있었고 물을 마셔도 희석이 잘 되지 않았다. 난 주변의 공기마저 희뿌연 알코올로 더럽혔다. 받지 못한 전화들과 안 받는 게 차라리 나았던 전화들이 뒤섞여 수백 개의 전화벨이 한꺼번에 울리고 지키지 못한 약속들이 수백 마리의 뱀들처럼 구불거리고 우글거렸다. 크기도 제각각이라 대충도 세기 어려웠다. 때로는 약속 때문에 일찍 자야 했고 늦게 일어나 허둥대고. 내 시간들은 늘 약속의 연속이었고 약속을 지키지 못할까봐 늘 내 시계는 백태에 시달린다. 지난 십 년간 받지 않았던 전화벨이 한꺼번에 울리고 있었다. 아무리 받고 또 받아도 수화기 너머에 있는 혀는 대답이 없었다. 잠시만이라도 희뿌연 수증기가 되고 싶었다.

알코올, 발 없는 새

"이십 년간 회사도 집도 쉬지 못했다네. 이제 할 만큼 했어." 삼십 년간 알고 지낸 고등학교 친구가 눈두덩으로 얘기했다. 친구의 눈은 어디로 간 것일까. 거리에 흘린 것일까. 간밤에 친구는 끝은 있다며 시를 써서 보내왔다. 그래도 어린 아들을 볼 수 있는 집이 덜 고통이었을까. 아이가 중학생이 되면 남편은 그만두겠다고. 회사는 다음주에 그만두겠다고. 글을 쓰고 싶다고. 오랫동안 고통을 받은 사람들은 눈두덩만 보인다. "웃어주는 포근한 거짓말 위로 떨어지고 싶다네. 그 어디에서도 쉴 수가 없었다네." 친구는 우울감과 우울증은 다르다며 소주잔을 내려놓는다. 친구 목소리의 주파수에 맞추어 발 없는 새가 날갯짓을 한다. 술집 전등 주위를 빙빙 돈다. 아주 오래전 우리는 그 새에 대한 이야기를 한 적이 있다. 우리의 눈두덩이 서로 마주치자 우리의 눈동자는 제자리로 돌아왔다. 발 없는 새가 술잔으로 추락한다.

라면이 있었던 초현실 아침

배가 불러도 한 그릇쯤은 먹을 수 있는, 입안에 말굽자석
이 있는 것처럼 침이 고이는 자기장과 혀의 기묘한 화학
적 반응. 라면을 먹기 위해서는 누구라도 냄비 앞에서 고
개를 숙여야 한다. 후루룩거리다 혀를 절뚝이며 눈을 내
리깐다. 먹으면서 마실 수 있는 이 간편한 국물 문화에 감
탄하며 남김없이 마시자 내 혀는 자석처럼 냄비에 떡 달
라붙어 덜그럭거렸다. 나는 냄비에 들어가려고 머리를 더
처박았다. 들어갈 수 없었다. 쇠끼리 긁히고 찢고 긁는 소
리가 났다. 나는 말굽자석을 뽑아 버려두고 냄비에서 탈
출했다. 자력을 상실한 입은 아무 맛도 그립지 않았다.

말과 한숨 사이

빨리 가야 된다니까요… 학교 안 다니면 되잖아요… 점 세 개의 한숨이 크게 들린다. 한 선생님과 한 학생 사이에 말과 한숨이 반반씩 얽히다가 끊어진다. 오늘 아이가 점심시간에 학교 밖으로 나가서 피운 담배 연기도 한숨이었을까. 한숨과 한숨이 만나 결별이 되고 담배 연기보다 더한 악취로 만들어진 벽이 스멀스멀 자라나고… 아이는 결국 내일 학교에 오지 않는다. 교무실을 박차고 나가는 아이의 약간은 물렁한 어깨가 말을 하고 있는 것 같았다. 학교에는 이룰 수 없는 것들만 가득해요… 이길 수 없는 것들만 가득해요… 저도 엄마랑 살 때는 이렇지 않았어요… 3초의 한숨. 정지한 긴 침묵.

검은 하늘 은하수

어린 제자들 함께 간 영월 동강의 밤
하늘이 뒤로 젖혀진 듯
밤이 잠시 허락한 속살을 엿본다

화성의 바다 같은 얼룩
목성의 붉은 띠들
토성의 빛나는 얼음테
우유처럼 뿌려진 은하수
별똥별을 처음으로 보았던가

하늘을 떠받치고 있는 헤라클레스
그의 허리에서 빛나는
암호 같은 M13 구상성단 늙은 별들의
이야기에 다다르지 못한다
내가 아는 모든 전설과
지금껏 본 모든 별들을 합쳐도

베레니케의 머리털자리와 목동자리의 사이에서 빛나는
M3 구상성단의 오십만 개 구슬들
악보 없이 연주하는 저 구슬들은 어떤 악기들인가
오르페의 귀를 빌려
저 음악의 윤곽을 만질 수 있다면
눈꺼풀을 오랫동안 닫아두어도 좋겠다

잠이 들어도 좋겠다
머리카락이 자라나고 있는 것 같았다

흰머리 길러볼까?

너 때문에 흰머리가 더 늘었다. 흰머리 간지나잖아요. 담임을 맡고 있는 중딩 제자와 나란히 걷는다. 짜장면이나 먹자. 왜 속상할 때면 짜장면이 땡기는가. 참 화려하다 화려해. 3학년 올라온 지 한 달도 안 되어 징계가 몇 건이냐. 선생님이든 아이들이든 상대 안 가리고 참 일관성 있게 잘 싸운다. 배고프니 밥부터 먹자. 와! 기분 되게 이상해요. 점심시간에 교문 밖을 나가다니! 늘 무단 외출이라고 잡혔는데… 마주치는 애들이 선생님한테 다 인사하니까 왠지 선생님이 멋있네요. 선생님 할 만한 직업이네요. 그럼 나중에 선생님 돼라. 조폭 되지 말고. 염색할 때가 돼서 그런지 유리가 보일 때마다 내 흰머리가 보인다. 백발이 멀지 않았다. 성난 이리 같더니 학교 밖에만 나와도 제법 부드러워진다. 짜장면을 먹으니 자연스럽게 나오는 속속. 어린 시절의 상처들. 사실은 중학교 졸업은 하고 싶다는. 욱하고 나면 후회되지만… 네가 욱하면 내 흰머리가 더 늘어난다. 그러지 말아라. 그런데 이제 염색하지 말고 흰머리 그냥 길러볼까? 간지날지도 모르는데.

어쩜 그렇게 젊어 보여요?

일층에서 엘리베이터를 타는데 아파트 청소하시는 분이 "아니, 어쩜 그렇게 젊어 보여요?" 하신다. "감사합니다" 하고 엘리베이터 문을 닫으려는데 "한 오십 됐어요?" 하신다. "아니요. 사십대 중반입니다" 하고 엘리베이터 문을 닫으려는데 다시 "한 마흔다섯 됐어요? 사장님이에요? 왜 집에 있어요?" 하신다. "아니요. 마흔일곱입니다" 만 대답하고 결국 엘리베이터 문이 닫히는데 그 너머 "아, 그래서 젊어 보였구나" 목소리가 들렸다. 엘리베이터 안에서 거울을 보니 마스크 때문에 얼굴의 반만 보인다. 그래서 이 년은 깎아주셨나 싶다가도 내가 어디 가서 젊다는 소리 듣나 생각해봤더니 별로 없는 거다. 문인들 모임에서는 젊다는 소리를 많이 들을 때가 있었다. 나는 스물셋에 등단했는데 나보다 늦게 등단한 후배들이 선배라고도 안 부르고 나보다 나이가 많다는 이유만으로 반말을 하곤 했다. 지금도 그러려니 한다. 청소하시는 할머니는 연세가 몇이실까? 다음에 여쭈어봐야지. 엘리베이터 바닥을 보니 소독제로 깔끔하게 닦은 물기가 보였다.

3부

떨리는 것들은 악기가 될 수 있다

실내악(窒內樂)*
―무채색과 이별 2중주

회색 건물로 들어서자
하얀 벽
투명한 술잔
검은 의자
달의 표면처럼 고요하게
그녀가 앉아 있다

혓바닥이 투명해지고
흰 손을 잠시 잡았다 놓쳤다

색을 잃고
명암뿐인 우리는
검밝은 눈을 서로 맞추어본다

빛으로 사라지든
어둠으로 사라지든
결국 같은 것이었다

* 내 안에 있는 불안한 형태의 음악.

실내악(室內樂)
─중3 아이 둘의 욕설과 선풍기 3중주

서서히 교실을 점령하는 욕들
까치 두 마리가 싸우는 동안
선풍기가 덜덜거렸다

까치 둘이 엉겨붙어 깃털을 떨어뜨리던 그때
선풍기가 욕설들을 창밖으로 밀어내자
운동장에서는 진화한 신종 욕설들이 회전하고

까치들이 서로 밀다가 선풍기를 박살내고
깨진 플라스틱 속의 전선과 회로가 뒤엉켜
선풍기는 반복해서 예각의 짧은 고갯짓을 하며
분쇄된 까치의 뼈를 뱉어낸다

실내악(室內樂)
—냉장고 소리와 빈 꽃병 2중주

아무 별도 보이지 않는 밤이니 창문을 닫을 수밖에. 냉장
고와 냉장고 소리의 사이에는 미지근한 온기가 흐른다.
냉정하고 완벽한 역할. 악보가 필요 없는 한 음뿐인 노래.
일관성 있는 책임감. 가끔은 입을 틀어막고 내는 신음소
리 같기도 하다. 낡은 냉장고 옆 탁자에 있는 빈 꽃병도
미세하게 울고 있다. 꽃이 없어서 우는 것은 아니다. 어쩌
면 꽃병이 아니라 술병인지도 모른다. 술이 없어서 우는
것도 아니다. 병은 그냥 비어 있다. 그냥 울리고 있다. 그
냥 울리는 것보다는 그냥 비어 있는 것이 좀더 숭고하게
느껴진다. 아무도 들을 수 없게 적막하게 떨리고 있다. 떨
리는 것들은 악기가 될 수 있다. 악기가 될 의지가 없어도
이미 악기인지도 모른다. 냉장고의 온기를 담고 있었는지
확실하지 않지만 그렇게 느껴졌다. 온기를 담고 있었다면
그냥 비어 있었던 건 아니다. 냉기를 담고 있었던 것이 아
닌 것은 분명하다. 냉기는 냉장고 속 깊숙이 파묻혀 있었
다. 내 뱃속까지 떨림이 전염되고 있었다. 나는 곧 냉장고
를 열 것이다. 냉장고 소리가 점점 확대되고 있었다. 꽃병
은 어쩌면 물병이었을지도 모른다.

실내악(窒內樂)
─비, 기침소리, 두더지 3중주

비는 눈물을 흘리며 사진을 한 장 토해냈다. 죽은 두더지
의 사진에서는 기침소리가 들렸다. 사진의 뒷면도 눈물을
흘리고 있었다. 사막에서 살아남은 나무처럼 기침소리가
우뚝 솟아 빗줄기를 밀어냈다. 기침소리는 두더지가 숨
을 쉬도록 사진 속의 입을 열어주었다. 설치류의 귀여운
앞니가 드러났다. 기침소리는 앞니를 바라보느라 전화벨
이 아무리 울려도 받지 않는다. 비바람의 펄럭이는 날갯
짓 속에서 두더지가 되는 꿈을 꾼다. 기침소리의 어머니
는 죽은 두더지를 보고 소리를 지르고 있었지만 기침소리
는 따뜻한 땅속에 있었다. 기침소리는 오랫동안 쓰지 않
은 말들을 발음해본다. 하모니카, 크레용, 고수레, 술래,
성냥…… 전화벨이 아무리 오래 울려도 받지 않는다. 하
모니카, 크레용, 고수레, 술래, 성냥…… 기침소리는 그
날 밤 느린 악장을 그리며 토끼 사진 한 장을 토해냈다.

실내악(室內樂)
—세탁기, TV, 진공청소기 3중주

며칠 침묵하던 진공청소기 숨차다. 이 소리 늘 불안하다.
세탁기 무언가 소리를 내고 있었지만 점점 멀어져 잘 들
리지 않았다. 진공청소기 돌리며 TV를 보지 못하고 간신
히 듣는다. 침묵하는 사람들과 거짓말하는 사람들. 둘 중
하나인 사람들과 둘 다인 사람들. 그렇게들 모여 있었는
데. 나는 이렇게 구석구석 먼지를 빨아들이며 그 침묵과
거짓말들을 굉음으로 빨아들인다. 정치가 무슨 죄냐, 정
치인들이 나쁜 놈들이지… 중얼거리다보니 참, 정치하는
돈 많은 일반인들도 있지. 정치란 갈등을 조정하는 것인
데 갈등을 조장하기도 하는 것. 뻔뻔하고 나쁜 정치인들
을 처벌하는 것 역시 정치인 것이라 정치는 역시 죄가 없
는 것이다. 오늘따라 유난히 진공청소기가 시끄럽게 먼지
와 쓰레기들을 흡입하고 있었다. 나는 진공청소기와 TV
소리에 뒤엉켜 있으면서도 세탁기를 잊지 않고 있었다.
나는 이 이야기를 세탁기에게 해보았으나 세탁기는 거의
울음과 웃음을 참으며 돌고 있었다.

광장의 불들

거리마다 달리는 기차

금속성 촛불들

심장박동들

사이를 채우는 큰 목소리들

망가져 열리지 않던 상자들

비집고 흘러나오는 녹물

벗겨지는 괄호들

들리는 묶음들

어리지 않은 아이들

어리숙하지 않은 어른들

백만 개의 태양

불, 티베트

큰 바다*에 이르기 위해
이슬이 아닌 불꽃을 택하다

잊힌 설역의 노래가 아니다

재가 된 얼굴들이 겹쳐져
달빛과 새벽을 끌어
두려움 없이, 광활하게
파도의 꼭짓점으로 타오른다
단단한 불이 되어 견딘다
뿌리 뽑히지 않기 위해서
발톱과 이빨을 견딘다

꺼지지 않는 꽃잎들이 대지를 뒤덮는다
촛불로 타오른다

* 달라이 라마의 '달라이'는 큰 바다, '라마'는 영적인 스승이라는
뜻. 2008년 티베트 라싸 항쟁 이후 백오십여 명의 티베트인이 중국
에 독립을 요구하며 분신(焚身)했다.

불, 모하메드 부아지지*

어머니, 오늘 들어온 과일이 참 좋아요. 내일은 좋은 날이 될 거예요. 과일을 전부 팔아 선물을 사드릴게요. 내일은 가난한 사람들에겐 과일값을 깎아줄 거예요. 자주 그러지는 못하지만요. 대학을 졸업하기 위해 집안일에 소홀하고도 취직을 못해 어머니한테 미안해요. 천국에 계신 아버지에게도 그렇고요. 어머니 말대로 군인이 될 걸 그랬나봐요. 단 하루도 쉬운 날이 없었어요. 열심히 사는데도 왜 가난을 벗어나지 못할까요. 거리는 나의 일터예요. 왜 노점을 불법이라고 하는지 이해가 안 가요. 내가 굶어 죽는 건 합법인가요. 내가 흙을 먹기라도 했나요. 땅주인에게 무슨 피해를 주었나요. 오늘 막 벌어진 재스민 꽃봉오리도 그의 것인가요. 경찰들이 번번이 돈을 요구하지만 전 돈을 줄 형편이 되질 않는걸요. 며칠 전에도 과일과 좌판을 몰수당했어요. 어머니, 오늘 들어온 과일이 참 좋아요. 내일도 이 과일을 뺏기면 가만있지 않을 거예요. 내가 보이지 않는다면 보이도록 해줄 거예요. 내일은 좋은 날이 될 거예요.

* 튀니지의 상인. 재스민혁명의 도화선이 됨.

불, 틱꽝득 스님*

잊히지 않는 사람
불타는 소리로 심장에 남아

소신(燒身),
붉은 눈물이
수천만 번 세워져 쌓이면
접힐 수 없는
구겨지지 않는
불이 되고

공양(供養),
모래가 된 뼈들
육체는 빠져나갈 수 없는
불의 무덤이 되고

그 불길 속에서
아무 흐트러짐 없이
적막으로 들어가셨다

겉과 속이 뒤집힌
하늘,
사람들,

어떤 불도 그의 심장을 태우지 못했다

* 베트남의 승려. 미국의 지원을 받았던 남베트남 응오딘지엠 독재 정권의 인권유린과 불교 탄압에 대한 항거의 뜻으로 1963년 사이공의 미국 대사관 앞에서 소신공양(燒身供養)하였다.

불, 전태일

지주목,
죽은 나무가 산 나무를
지탱하고 있다
밀고 있다
남겨진 발자국들을
푸르게 멍든 맨발들을

날개를 갖지 못한 깃털들은
타다 만 재를 감싸안고

증발하는 글자들 속에서도
꿈은 휘발되지 않았다

재의 둘레엔
물결무늬 소리

4부

주춤주춤 춤춤

제주-히말라야 샤머니즘의 만남展*
―신들의 땅

차고 푸른 안개를 뚫고
일만팔천의 신들이 지나간다

얼어붙었던 천하(天河)가 다시 흐르고
무수한 별들이 땅을 통과한다

돌하르방을 지나
달첸**을 지나

꿈의 문을 열면
무수한 죽음
무수한 되풀이

백 개의 무덤 위에 누운 시인
상징을 여행하는 샤먼

모든 소리는 음악이 되고
어떤 시간은 공간으로 창조된다
시작

* 2012년 11월 제주도 민속자연사박물관에서 열린 전시회.
** 히말라야 라다크 지역의 장승.

제주-히말라야 샤머니즘의 만남展
—심방*

어머니의 물
공기의 어머니

밥공기의 아버지
아버지의 달

달이 낳은 태양
춤이 낳는 춤

함께 울어주는 신

* 제주도에서 무당을 일컫는 말.

제주-히말라야 샤머니즘의 만남展
—잔크리*

나는 샤먼이자
시인이며 광대, 예언자
의사이며 춤꾼, 음악가이다

잊힌 지도에서 흘러나온 노래를 시작한다
역광 속에서
역광으로

뭉툭한 북소리의 끝에서
푸른 뱀들이 쏟아진다

음악과 땅의 경계에서
춤을 추는 죽음

피 흘리는 숨통 뒤로
경계는 늘 고독하다

일 초가 백 년이 되어 거꾸로 흐르고
삭제된 지도에서 흘러온 노래를 간직하는 땅
수많은 푸른 뱀들
음표로 꿈틀대기 시작한다

끝이 없는 여행

당신을 만나고 싶다
나는 죽고 또 죽는다

* 네팔에서 무당을 일컫는 말.

제주-히말라야 샤머니즘의 만남展
—칠머리당

바람과
　　파돗소리에 담금질된 영등굿
칠머리당은 오랜 약속으로
　　　　　사람들을 빠짐없이 바라보았다

소금 넣지 않은
돌래떡 주위로
　묵음(默吟)*처럼 수많은 촛불이 밝아오면
　　　　　심방은
하늘방울쇠 뒤춤에 두르고

　　　　사라지는 노래의 한 대목을 만난다
　　맑은 물 뿌려지고
　거멍한 비명들 묶어
　　　　휘모리

　아름답고
　　　척박한 이곳을 기도하며
자신들의 그림자를 안아본다

　　　　붉은 비단 묶인 짚배
　거칠고 약한 손마디를 떠난다

내일은 다른 바람을 만날 수 있다

* 소리 없이 시를 읊음.

제주-히말라야 샤머니즘의 만남展
—푸르바*

하늘에는 불의 길을 따라
빛으로 짜인 음들이 타올라
거대한 눈동자를 감싸고

땅에는 바람소리를 덮는 소음들
몇몇 낮은음들만 간신히 버틴다

지하의 뿌리들이 흙을 놓치지 않는다
스며드는 빗소리를 암송하며
나무는 지속된다

* 나무를 깎아 만든 네팔 샤먼의 무구(巫具). 천상, 지상, 지하를 의
미하는 3단 구조로 구성됨.

제주-히말라야 샤머니즘의 만남展
—신칼

피 흘린 자가 상처를 치유한다

바람의 만과 곳

칼과 함께 울어준다

발음할 수 없는 별들이 읽혀질 때

칼끝이 닳아 있었다

낙엽이 잠처럼 쏟아질 때

머리칼이 툭툭 떨어졌다

오래된 술잔과 촛농과 함께

벌거벗은 꿈과 함께

제주-히말라야 샤머니즘의 만남展
—북

주춤주춤
춤춤

간격과 간격 사이
울린다
사방이
쉬지 않는다

북소리에 치렁치렁 매달린
해와 달 여럿

길을 닦아준다
길이 길어진다

기다란 목마름만큼
옛 달이 흘린 노래

샤먼은 북소리를 타고 여행한다

제주-히말라야 샤머니즘의 만남展
—요령

잠든 신(神)을 깨우는
비단이 휘날리는 솔발
방울들 달린 목걸이
바람이 소란소란 소리를 휘감고

춤사위 따라 떨리는 울쇠
경계를 열기 위한 열쇠꾸러미
연둣빛 새벽 공기를 만나
실로폰 소리가 되고

방울소리들이 푸른 입김과 함께
손금처럼 갈라진 땅에
음향으로 스며들자
폐허가 된 눈두덩에
여음(餘音)의 향이 진동한다

제주-히말라야 샤머니즘의 만남展
—새부리뼈

학의 발걸음이
멈춰진 순간

쉼표의 소리

먹이를 먹지 않는
숨

흩어져 유괴된 나의 몸들은
죽음에게 전달되지 않았다

빚지지 않은 자유
푸르게 찬 공기
모두를 날개 아래 두었던
그 먼 곳의 음(音)들을 들려다오

음향의 난반사 속에서
나는 황폐하게 걷는다

자작나무 아래
내 해골 아래
서너 깃털이 떨어진다

Exit
—풍설야귀인(風雪夜歸人)*

바람소리가 백색의 글자들로 내리는 밤

한쪽 눈이 먼 화가의

눈보라로 지어진 집으로 가자

목쉰 개 짖는 소리 들리고

나귀도 없이 터벅터벅

푸너리 같은 바람을 지나

거무장단 같은 눈발을 뚫고

바람의 반사음과 묵향이

경계 없이 흔들리며 번지는 밤

* 조선 후기 화가 최북의 그림.

5부

시 몇 편을 쓰고자 저는 아버지를 선택했고요

시계를 고정시키기 위한 각주

태엽이 풀려 지금 정지한 벽시계
12에 멈춘 초침과 2에 멈춘 분침 사이로
벚꽃이 피어나더니 꽃잎이 휘날리고

벚꽃이 피면 뭘해요
어차피 내가 걸을 길이 없는데
울 수도 없어요
꽃잎이 너무 환해서
시계 속이 너무 어두워서

길이 없는 곳에서도 꽃잎은 날리죠
꼼짝없이 하얗게 갇혀 있네요
당신과 당신의 그림자 사이에
첫번째 편지와 두번째 편지 사이에

여기저기 있던 당신
내 시계에서 다 죽어버렸네요

정지한 시간을 고정시키기 위한 각주 1

고개를 들다가
선반 모서리에 머리를 긁혀
핏방울

비명이 핏방울보다 먼저 떨어지고
악 소리와 핏방울의 사이에서
시원한 바람이 불고
바람을 열고 나가니 겨울

손에서는 춥고 붉은 강이 흐르고
셔터처럼 속눈썹을 몇 번 깜박이며
처음 보는 계곡들을 지나
저녁의 국경을 넘어 집으로 가는 길
나의 사라진 비명을 만나고
연두색 핏방울을 만나고
핏방울이 실개천으로 흐르고
마음놓고 울지 못한 구두 한 짝을 만나고
아버지의 사라진 발자국을 만나고
1982년 아홉 살 봉천동 골목의
봄 햇살을 결국 만나지 못하고

집에 도착해도 피는 마르지 않고
감기 걸린 선반 모서리는

—

—   계속 콜록콜록

—

정지한 시간을 고정시키기 위한 각주 2

아홉 살 때 삼척 해변에 서 있다가 갑자기 센 파도가 들이쳐 쓰러졌다. 바다로 휩쓸려가던 순간 누군가 내 오른손을 꽉 잡아주었다. 가늘게 뜬 눈 위로 급한 파도가 쓸려나가고 누군가의 강한 윤곽이 보였다. 부리부리한 눈. 굵은 목소리. 그날 이후 아버지는 나의 큰 산이 되었다. 너무 큰 산이라 걷고 또 걸어도 벗어나기가 어려웠다. 다투기라도 하듯 빽빽한 나무들 사이를 걷기도 하고 나는 때로 그 산에서 호수로 고여 쉬기도 했는데, 어느 순간 아버지는 내가 돌봐야 하는 작은 화분이 되어 있었다. 줄기가 쓰러질까봐 지지대를 꽂아 줄로 엮기도 했는데 결국 내 손이 큰 도움이 되지 못했다. 바닷가에서 아버지가 잡아주었던 것처럼 힘껏 잡지는 못했지만 아버지의 야윈 손을 조심스럽게 꽉 잡아본 적이 있다. 모래처럼 쓸려가는 아버지를 붙들기 위해.

정지한 시간을 고정시키기 위한 각주 3

나만 보았던 아버지의 생전 마지막 모습,
가쁜 숨으로 흔들리시며 인공호흡기를 끼우던 그때
투명한 유리막 사이로 내가 힘내라고 주먹을 불끈 들었
을 때
아버지도 천천히 함께 주먹을 들었다.
사람에게 슬픔저금통이 있다면
그때 꽉 차버린 것 같다.
묻어버리고 찾고 싶지 않은 슬픔저금통.
이 년이 되었지만
그 마지막 순간을 어머니와 형제들에게 아직 말하지 못
했다.

요즘은 멀쩡하게 가던 시계가 손목에 차면 죽어버린다.
이상해서 아내 손목에 채워보니 잘 간다.

아버지, 이제 타르 같은 감정들을 버리려고 합니다.
불친절했던 그 마지막 의사도
항암제 맞고 누워 계신 아버지에게 전화해서
자기 투정만 하던 그 인간도
이제 제 슬픔저금통에서 쏟아버리려고 합니다.
가끔은 내가 왜 아버지를 선택해서 태어났을까,
아버지는 왜 저를 선택했을까 생각해봅니다.
아버지와의 많은 엇갈림들이 나의 정서가 되었습니다.

아버지가 저를 시인으로 키우신 것 알고 있습니다.
시 몇 편 쓰고자 저는 아버지를 선택했고요.

이제는 저나 아버지나 아무 엇갈림 없이도 시를 쓸 수 있
을 겁니다.
지금처럼 시계를 죽이는 일도 없을 겁니다.

장미를 묻고 아버지를 묻고

물만 주면 되는 줄 알았다
작은 화분의 장미
알 수 없는 독이 흙에 들어갔는지
서서히 죽어갔다
흙을 모두 버리고
새 흙에 장미를 묻고
죽어가던 장미는 살렸지만
아버지는 살리지 못했다

아버지는 나의 국적
단단한 조국
넓고 규칙적이었던 땅

돌아가시기 며칠 전에도
규칙적으로 하시던 대로 일터로 나가셨고
휘청 넘어지셨던 그날도
집으로 오실 때 버스를 탔다 택시비를 아끼며
마지막까지 하루의 무게를 덜지 않았다
본인은 그렇게 몸이 야위고 가벼워지면서도
하루의 무게를 모두 채우려 했다
앓는 소리 없이

죽어가던 장미는 살렸지만

아버지는 살리지 못했다

그 장미도 죽어버리고

아무리 생각해도 모를 일

애써 키운 장미가 결국 죽어버렸다

아이가 화분에 뱉어놓은 수박씨 몇 개 중

하나가 싹을 틔웠다

죽은 장미 옆에서 파릇한 작은 잎이 오늘은 벌써 열 개

이 이파리들의 전생(前生)이 같은 화분의 장미였을지도
모를 일

장미의 역할이 지겨워졌을지도 모를 일

벨벳 같은 빨간 장미를 계속 열어주었는데

내가 친절하게 사랑해주지 못했나보다

모를 일들투성이지만

죽은 장미 옆에서 낮잠을 자다가

노란 수박꽃이 피는 꿈을 꾸기도 한다

그 장미도 죽어버리고 2

하나의 수박씨에서 자라난 잎이 스물둘

화분에 수박씨를 뱉은 아들이 기분이 좋아

나무젓가락에 색종이를 붙여 팻말을 만들었다

"수박시"

수박씨가 수박시가 되다니

깔깔거리다 수박시(詩)를 쓰기로 한다

집에 벌과 나비가 없으니

수술의 꽃가루를 암술에 어찌 묻힐지

꽃도 안 폈는데 별걱정을 다

수박아 수박아 꼭 열리지 않아도 좋으니

짙은 초록 잎이라도 무럭무럭 자라다오

꽃도 수박도 없어도 좋으니

수박시를 다오

내게 고향별이 있다면

서울에서 태어난 나는 고향이 없다. 같은 고향 사람이라
는 반가움이 없는 고향이 무슨 고향이람. 같은 서울 사람
이라고 반가워한다면 고양이가 웃겠다. 고양이별의 고양
이도 웃겠다. 그런데 아주 가끔은 지구가 고향이 아닌 것
같다. 왜 이리 지구가 익숙하지 않고 힘들담. 환생이 전 우
주를 통해 이루어진다면 지구에서는 더이상 다시 태어나
고 싶지 않다. 아주 지긋지긋한 느낌… 나의 고향별은 어
떤 곳일까? 연분홍빛 크리스털 호수가 허공에 떠 있을까?
액체도 고체도 아닌 크리스털 물. 그 위로는 산처럼 큰 거
대한 날개를 가진 새들이 날고. 나의 고향별 사람들은 투
명한 몸이지 않을까? 투명한 살갗 속에는 그대로 빛들이
혈관처럼 움직이고. 옷도 필요 없는 빛의 몸. 왜 자꾸 막연
하게 지구에서는 할 만큼 했다는 생각이 들까. 고향 행성
동료들도 곁에 없는데. 고향별이 있다면 그곳은 얼마나
많은 음악을 들어야 갈 수 있을까. 다른 지구들에서도 나
는 쓸쓸하다. 문득 밤하늘을 보니 나의 목소리가 울렸다.

불타는 집은 연기를 뿜어대는 입처럼 숨기는 것이 있다

소식이 없는 집을 불태운다

집이 불타는 동안
다른 집을 짓는다

불빛으로 번지던 집은
연기의 집이 되고
붉은 계단만 남고

다시 계단이 불타는 동안
숨어 있던 어금니를 뽑는다

세 개는 뽑아내고
하나는 그대로
집 속에 묻혀 있다

탯줄의 일부처럼

6부
어떤 시간은 나에게 공간입니다

1월

무조음악*처럼
감옥이 넓어진다

이야기하는 선율과 숨의 음향이
이별과 만남을 반복했다
비명조차 음악이 될 때
범람하는 음향들

수평선이 수직선으로 회전하듯

* 악곡의 중심이 되는 장조, 단조의 조성이 없는 음악.

2월, 까마귀와 트럼펫

암각화에서 퇴장한 까마귀들이
서서히 전선을 점령하자
낮은 도(C)에서 이탈한 트럼펫 소리들이
불협화음으로 하늘을 덮쳤다

트럼펫의 이빨에서 새어나온 음들과
서로의 눈을 파먹은 까마귀들의
비명으로 얼룩진 하늘을
하얗게 덧칠하는 트럼펫의 어지러운 고함들

유괴된 까마귀들은 아침이 되도록 돌아오지 않고
금속성 음파(音波)는 구름으로 조작되어
격자무늬 창살로 떠 있었다
몸통을 잃은 까마귀들의 발가락들만
전선을 꽉 쥐고 있었다

3월, 미술 시간과 서커스

수업 시간이 다 되었는데 미술 선생님은 들어오지 않고
아이들도 선생님을 찾으려고 하지 않았다. 소란스러운 십
분이 지나고 문이 정적과 동시에 열렸다. 피에로를 처음
으로 직접 보았다. 눈 밑에는 커다란 눈물이 그려져 있었
고 아무 말 없이 크게 웃었다. 왜 눈물이 그려져 있냐고 한
아이가 물었지만 웃기만 했다. 악사들은 마이너 코드*의
음악을 경쾌하게 연주했다. 이어서 인간 탑 쌓기가 시작
되었다. 세번째 사람이 올라가자 천장이 박살나면서 크레
파스가 우수수 떨어졌다. 아무도 시키지 않았지만 아이들
은 크레파스로 교실 벽과 책상에 그림을 그렸다. 아무도
스케치북에 그림을 그리지 않았다. 악사들의 연주는 빨라
지고 피에로가 공을 다섯 개나 돌리고 있었지만 아이들은
그림 그리기를 멈추지 않았다. 수업을 마치는 종이 울릴
때까지 미술 선생님은 들어오지 않았다.

* 슬픈 느낌을 주는 코드.

4월, 윤슬

오늘은 서쪽으로 가볼까
녹고 있는 태양을 따라
강의 물비늘을 따라
나를 쓰다듬는 실버들을 따라

풍성한 실버들이 바퀴처럼 달렸다
반짝이는 물비늘이 점점 어두워지는 것은
태양의 잘못이 아니었다
실버들이 달린 것은
물비늘의 잘못이 아니었다
태양이 녹고 있는 것은
나의 잘못이 아니었다
죄책감을 가졌던 나에게 사과하고

불안한 속도 속에서
태양은 점으로 사라지고
물비늘은 가라앉고
실버들은 제자리에 멈추고
나는 집으로 돌아가고
길은 그대로 있었다

5월, 별과 벽의 거리는 가까워지고

별이 세 개쯤 보이는 밤이었는데
나는 늦봄에 이르기 위해
별 하나에 각주 하나를 달았을 뿐

가느다란 다리를 오므리다가
날개가 접히고
한 편의 나비가 완성되고
나비는 정말이지
아무런 의미도 담고 있지 않은
아름다운 미소를 짓고 있었다

내 두 눈 사이를 뚫고
눈동자 없는 나방이 튀어올랐다
나방의 날개에
나의 숨을 맞추어본다
그 이상 욕심내지 않았다

초록색 페인트칠한 벽에
별이 매달려 졸고 있다

6월, 오후 6시

어떤 시간은 나에게 공간입니다
오늘은 6시에서 나와
0시 8분으로 들어갑니다

물고기에겐 물이 공기고
사람은 가슴에 구멍이 몇 개 뚫려 있어야 숨을 쉽니다
그 구멍들로 사람들, 사물들이 드나듭니다
희한하죠
텅 빈 구멍을 드나들 뿐인데 느껴지다니
소녀와 소년이 만나는 것처럼
자음과 모음이 만나는 것처럼
악기가 악기를 만나는 것처럼

당신의 목소리를 건너갔다가 다시 돌아올 수 있다면
나를 기억하지 못해도
조화(造花)처럼 변치 않겠습니다

자꾸 우산을 잃어버리고
내릴 지하철역을 지나칩니다
며칠이라도 빨래처럼 몸을 벗고 쉴 수 있다면 좋겠습니다
6시에서 나오고 싶지 않습니다

7월, 침묵과 바닥은 꽤 친해지고

어린 비
젖은 시멘트 마당
나에게 침투한 침묵과 난
이미 어색하지 않은 사이여서
그 바닥에 우울을 두고 왔다

낡은 커튼을 들추었더니
움직인 시간보다
움직이지 않은 시간이 더 많은

혓바닥들이 쌓여 있다

결국 바닥은 다시 시작이어서
꿈틀대지 않았지만 그 혀들은
침묵하는 동안에도 고요하게 연주되고 있었다

나는 속살처럼 약해서 갑옷이 필요하다
얼굴에 돌이 찬다
얼굴이 바위가 된다

바닥과 돌은 친분이 깊다

8월, 책 파도 고래

책장을 넘길 때마다
내 두 눈에 파도가 들이쳤다
그때마다 눈동자가 조금씩 탈색되었다
수건으로 얼굴을 닦으니
검은 잉크가 묻어 있었다
내 눈은 하얀 거울이 되고
흰자위는 바다가 되고
그 속에는 흰 고래
한 마리 헤엄치고 있었다
너무 선명하여
실제가 아닌 것 같았다
내가 듣는 건
고래 울음소리가 아니라
날카로운 노래였다

책장이 몇 장 남지 않았을 때
난 눈동자가 남지 않은
늙은 바다가 되어 있었다
고래도 책도 사라졌지만
파돗소리는 멈추지 않았다

9월, 태양이 비워진 날

손톱 속에는 어린 달이 숨어 있고
어린 달 속에는 막 태어난 손가락 하나
조그만 태양을 그리고
다치지 않을까 조심스럽게
쓰다듬고 어루만진다

태양에서
입술이 돋고
머리카락은 풍성하고

입술이 열리자
첫 화음(和音)이 태어나고
눈동자가 손가락을 삼킨다
태양이 찢어지며 눈물이 흘렀다
눈물은 오랜 태양에도 마르지 않았다

텅 빈 태양은 마지막 한 방울까지 게워내고
늙은 달이 된다

10월, 붉은 술

죽음의 절정에서 내뿜는 취기어린 핏빛은 불안하면서 아름답다. '불안하지만 아름답다'가 아니라서 피를 가둘 살이 없다. 단풍이 나무의 피라면 바깥은 없고 안뿐이다. 속은 아니다. 나무의 속은 알 수 없다. 나이테가 나무의 속은 아니다. 나뭇잎의 속도 알 수 없다. 초록색 피가 나뭇잎의 속은 아니다. 나무들은 완벽주의자. 모든 날씨를 견딘 그들은 첫눈 같은 죽은 잎을 떨군다. 이제 꽁꽁 얼어붙은 땅을 쥐고 후생(後生)을 위한 죽음을 견뎌야 한다. 이 규칙은 계속될 것인가. 붉은 소리들이 가지에서 떨어진다.

11월, 회고전

강물과 바다가 만나는 곳의 물결, 백지 같은 그 물을 나처럼 더럽히며 떠 마신다. 급하지 않게 음미한다. 심장에서 종소리가 울려퍼진다. 두 손 안에서 물결은 쉬지 않고 입 안에서도 물결친다. 종소리는 물결에 흘려 땀이 되어 흐르고 심장에도 땀이 흐르고. 마르기 직전 몇 방울을 핥아본다. 쓰지도 달지도 짜지도 않았다. 종소리 끝에서 간신히 서 있던 늙은 나무가 악보 없이 낙엽을 연주한다. 낙엽 위로 고양이 발자국 소리가 났다. 내 손이 나의 마지막 애인이 되리니 손가락만 있는 자화상을 그리고 두 손이 내 얼굴을 감싼다.

12월, 괄호 속으로

시계의 초침소리 사이마다 괄호는 무한히 길어졌다. 시계
는 뚱뚱해지지 않았다. 괄호 속에는 노여움의 침묵, 서먹
함의 침묵, 무시하는 침묵들뿐이었기에. 12를 가리키는 초
침소리 끝으로부터 날아온 올빼미는 초 사이의 괄호를 먹
어가며 침묵의 일부를 해방시켰다. 침묵은 해방되어도 무
게와 부피가 같았다. 괄호는 가면 같고, 계단 같고, 관(棺)
같고 때로는 천 권의 책을 지닌 거대한 도서관 같았다. 그
책들에서 글자들이 쏟아져나오면 나는 소음을 감당하지
못하고 질식해서 죽을 것이다. 괄호에 손을 집어넣자마자
괘종소리가 울리고 나는 입에서 숟가락을 계속 게웠다.
배가 고팠다. 나는 당나귀보다 더 많이 걷기 위해 숟가락
의 무덤을 지나 괄호 속으로 들어갔다.

정재학 1974년 서울에서 태어났다. 1996년『작가세계』로
등단했다. 시집으로『어머니가 촛불로 밥을 지으신다』『광
대 소녀의 거꾸로 도는 지구』『모음들이 쏟아진다』가 있다.

문학동네시인선 174

아빠가 시인인 건 아는데 시가 뭐야?

ⓒ 정재학 2022

초판 인쇄 2022년 6월 23일
초판 발행 2022년 7월 1일

지은이 | 정재학
책임편집 | 김영수
편집 | 강윤정
디자인 | 수류산방(樹流山房) 본문 디자인 | 최미영
마케팅 | 정민호 이숙재 박치우 한민아 김혜연 박지영 안남영 김수현 정경주
브랜딩 | 함유지 함근아 김희숙 안나연 박민재 박진희 정승민
제작 | 강신은 김동욱 임현식
제작처 | 영신사

펴낸곳 | (주)문학동네
펴낸이 | 김소영
출판등록 | 1993년 10월 22일 제406-2003-000045호
주소 | 10881 경기도 파주시 회동길 210
전자우편 | editor@munhak.com
대표전화 | 031) 955-8888 팩스 | 031) 955-8855
문의전화 | 031) 955-8895(마케팅), 031) 955-2679(편집)
문학동네카페 | http://cafe.naver.com/mhdn
인스타그램 | @munhakdongne 트위터 | @munhakdongne
북클럽문학동네 | http://bookclubmunhak.com

ISBN 978-89-546-8746-1 03810

* 이 책은 2020년 서울문화재단 문학창작집 발간지원사업의 지원을 받았습니다.
* 이 책의 판권은 지은이와 문학동네에 있습니다. 이 책 내용의 전부 또는 일부를 재사용
  하려면 반드시 양측의 서면 동의를 받아야 합니다.

잘못된 책은 구입하신 서점에서 교환해드립니다.
기타 교환 문의: 031) 955-2661, 3580

www.munhak.com

문학동네